바보가 제 머리를 찾다

바보가 제 머리를 찾다

2026년 1월 10일 초판 1쇄 인쇄 발행

지은이	김상철
펴낸이	박종래
펴낸곳	도서출판 명성서림

등록번호	301-2014-013
주소	04625 서울시 중구 필동로 6 (2, 3층)
대표전화	02)2277-2800
팩스	02)2277-8945
이메일	msprint8944@naver.com

값 10,000원
ISBN 979-11-7439-074-5

바보가
제 머리를
찾다

도서
출판 **명성서림**

눈 감고

귀를 막고

숨을 길게 멈춘다

머리통

빠개지고

심장이 발사된다

섬광에

비쳤다 사라진 시,

"본 사람은 소리 질러"

✳

차례

1부

바보, 까꿍!

거울 앞에
서서 본다
내 머리가 거기 없다

무릎 꿇고
몸 낮춘다
거울 속에 나 있다

분실된
머리 찾을 땐
몸을 낮출 일이다

거울이
사라졌다
키 큰 내가 없어졌다

얼굴을
더듬는다
손 안에 내가 있다

내 안의
나를 찾을 땐
두 손으로 살펴야

남방지에 비 내리다

엎어져 누운 마름 잉어 숨질 스타카토

저수지 바닥 속에 하늘빛도 휘청거려

둘레길 두어 바퀴에 흐른 우울 밟히고

피라미 비늘 빛에 사선 긋는 물총새

뻘밭 훑는 왜가리 인내심이 더 길고

뱃살은 몸피를 끌고 숨죽이는 곁눈질

발걸음이 젖는다 둘레길이 젖는다

하늘빛 내려와 저수지는 물비늘

뱃살로 물결이 일면 날갯짓이 살찔까

돼지 웃다

홍정 붙일 일 없고 시비만 깔짝깔짝

죽겠다 하면서도 보이는 건 비싼 것 뿐

청량리 시장 골목길 웃고 있는 대가리

속이고 넘어가면 높은 담도 꽃길이라

얇은 귀 꽃잎들이 멜로물에 떨어진다

참 삶을 아는지 모르는지 돼지 귀는 자라고

디올 백 샤넬 백 비닐봉지 다르지만

머리고기 막걸리에 엄지 척 내가 최고

바른 말 돼지대가리 나도 같이 웃는다

문경 돈돌라리

보고보고 푸른 하늘 오매오매 맑은 물

배우고 나눠야지 오미자 빨간 세상

한바탕 즐기며 가세 우리 모두 여기서

봉황 샘 물마시고 고모산성 든든한

아름다운 진남교반 새소리 사람소리

한바탕 즐기며 가세 우리 모두 여기서

기쁜 소식 웃는 문경 사람이 고향이다

오늘이 평안해야 오늘이 행복이지

한바탕 즐기며 가세 우리 모두 여기서

벽에서 벽을 보다

골목길 돌아보며 휘청휘청 다시 서고

세상을 다 받들어 하나하나 닦는다

어둠 속 어둠을 찾아 어둠 벗는 글 하나

화선지 파닥인다 맨땅에 물고기로

핏발 선 눈깔이 터진다 지느러미 삭고

눈 아래 눈 없는 곳에 싹이 트는 빛깔들

발로 보고 엉덩이로 듣고 가면을 벗는다

"간절하지 않으면 시도하지 말라"며

벽이 된 시화 한 점이 담담하게 서있다

살기 위해 죽어간

참아라 참아야지 꽃이 된 앉은자리

웃음소리 수북한 압화로 핀 심사들

얹히는 이마의 주름 당신 모습 낯설다

몸에 힘이 가라앉자 뱁새 닮은 내 눈깔

찌그러져 웃는다 할아버지 울음소리

고울 줄 알았던 세상 당신 앓고 있었네

말없어 평안한 것 그것은 아니었다

털어놔봐야 지나간 일 당신 당신 아파서

어차피 사람은 살기위해 죽어가는 거라며

엄마의 응원가

어디를 가더라도 나는야 너를 믿지

가다가 힘이 들면 쉬었다 가려무나

거기가 너의 출발점 다시 하면 된단다

누군가 너를 보고 잘했다 다독이고

최선을 다했으니 힘내라 말하지만

그마저 힘 든다는 것 눈만 봐도 안단다

무엇을 하더라도 그것은 네 몫이야

잘 하면 더 좋지만 그냥 하면 되는 거야

지금 해 즐거우면 돼 모자람도 힘이야

지금

산수유 가지 사이 빈티지 푸른 하늘

하루를 끌고 가는 구름빵 익는 시간

사는 것 별거 없다며 휘적휘적 걷는 낮달

앞마당 찻길 주고 자투리 잡고 앉은

좁다란 찻집 창가 안경 건넌 은발 눈빛

짧아진 연필심 짚고 지나온 길 더듬는다

머그잔 커피 라떼 하트 문 띄워놓고

청둥오리 비상하듯 힘 모으는 지금 여기

일상이 시작詩作이라고 또박또박 적는다

천수天水를 쏟으소서

산으로 못 간 배는 부모 앞에서 불탔다

산은 쪼그라들고 눈물도 새까맣다

헌재는 건조주의보 불길 감호 경찰차

산불이 지나간다 시절을 탄핵한다

골이 파인 산울음 흩어지는 소리소리

바람의 틈을 채우다 입 다무는 몸부림

트윈 터널

식산흥업

순진한 사람들 어둠에도 말 없고

잡혀온 물고기들 수족관에 알랑거린다

식산의 손톱에 뜯긴 살갗 위엔 불빛만

터널 속 불빛으로 어둔 나를 확인한다

저벅거리는 가슴은 용맹 없는 이갈이

철없는 꼬마전구가 물방울에 놀란다

불빛에 휘둘려도 어둠은 존재한다

아닌 건 아니다 맞는 것은 맞다고

국궁 장 화살이 박힌다 "지금 이게 옳다"*고

* 금시당今是堂 : 밀양 금시당에서 따옴

크림사탕

바람이 당겼는가 끌려간 묵정밭엔

봄날의 산양처럼 흰 피 한 잔 내놓고

몸마저 삭히며 피는 청매화가 포릇하다

가지는 분방하고 꽃잎은 정갈하다

제 홀로 봄은 없어 이웃 함께 피는데

나 언제, 자신을 찾아 들판으로 간 적 있나

꽃향기 들에 가득 향기 속 꽃이 가득

하늘은 나비 쏟고 꽃들은 가지에 올라

묵정밭 늙은 청매화가 못 이긴 척 흥겹다

한밤마을 그곳에는

산수유
뒷방 영감
홍시 터지는 고향집

마른 탯줄
호박 하나
저녁놀이 열린다

이끼는
돌담에 올라
마른기침 내뱉고

충의에
당당한 솔
세류에 구멍 내고

가슴을
파내어도
달빛 가득 석굴암

대청엔
은행잎들이
고전으로 쌓인다

거울 앞에서

돌계단 코로 짚으며 갓바위 되는 할미

팔만대장 기도문은 돌계단에 쓰는 시

썼다가 잊고 또 쓰는 자음 하나 기역자

시라며 한 줄 쓰고 세상을 다 본 듯이

마침표 하나 찍고 만사를 아는 듯이

고린내 똥내를 털어야 잘난 시를 쓴다며

갓바위 받쳐 세운 할미의 시 한 톨

사천왕 들쳐 업은 가위 눌린 시들은

거울 앞 잘난 환관의 사타구니를 또 보고

개 같은 놈이라고

활처럼 몸을 휜다 허리가 끊어질 듯

쌓인 울분 한 마디 애간장 끌어 모아

발 딛고 사는 땅으로 쏟아놓는 똥 덩이

죽을듯한 간절함 나를 끄는 저 허공

개 짖는 소리라고 최선의 말이라고

개 같은 널 닮은 오늘 골 빈 나는 후련하다

발바닥이 눈 뜨고 눈마다 박동 칠 때

한 숨질 한 걸음이 엄살이 아니기를

목줄에 묶인 널 보며 내 목줄을 놓는다

너나 나나

귓구멍 속 유세차 입으로 꺼내는 속내

평면의 전단지가 입체로 버려질 때

빙 빙 빙 미화원 아저씨 쓰레기통 지킨다

장돌뱅이 손뼉소리 오늘도 감사해요

폐지수집 할머니께 박스 하나 선심 쓰고

파장 후 막걸리 한 잔 빈 주머니 부푼다

만선기대 허탕조업 오늘 아님 내일이

물까마귀 어부 꿈 퉁퉁 불은 손가락

희망도 불었다 줄었다 세상살이 파랑 판

당연한 것

살다보면 알게 돼 어느 것이 맞는지

이거였던 정답도 저거였던 오답도

모든 건 바뀐다는 걸 살다보면 알게 돼

정답에 숨 막히고 오답에 얽매이고

오답도 정답도 뒤집으면 바뀌는 것

사는 건 고쳐가면서 해답으로 가는 거

네가 내가 아니고 내가 네가 아닌 건

결국은 당연한 거 몽니도 욕심도 아니다

맞춰야 꽃이 되는 건 우리 이미 아는 거

2부

나의 밝힘

삶 속의 글이든 글속의 삶이든

글이나 삶이나 더하지도 빼지도 말고

외마디 한 숨 한 숨도 그대로만 오롯이

나마저 날 속이는 일 내가 내가 아닌 일

허공에 던진 점 섬과 섬을 잇는 선

발묵의 빛나는 몸짓 발꿈치를 드는 일

내가 커도 나이듯 점이 커도 점인 걸

점 속에서 선을 긋고 선 지우고 하늘 그려

내 안의 나를 찾는 길 나의 불을 지필 일

대왕암 꽃무릇

파도에 씹히는 솔잎 천년을 뒤척여도

순교보다 진한 맹세 오늘도 못 전하고

대왕암 희디흰 길에 꽃무릇만 어린다

남의 것 탐하지 마 네 것이나 챙기렴

독도에 이는 파도 잔물결이 태풍 된다

아서라, 초진온천도 고인다면 썩는다

꽃 폈다 지고나면 잎으로 살지만은

혼불 같은 종소리 가슴 저민 사랑을

꽃과 잎 한 몸이란다 눈치 없는 신농천

못 잊어

오늘을 염장하고 과거 몽땅 뺏긴 채

생각 없이 누웠다 멈춘 눈깔 내리깔고

지문이 타버린 고등어 쌈밥 상에 올랐다

우기던 갈비뼈가 대가리에 붙는다

곧추서는 대가리 꼬리에 밟히고

죽어도 죽을 수 없어 쌈 채소를 흔든다

일이 풀리지 않을 땐 놔두고 지켜볼 일

들춰보는 젓가락질 우측 눈이 째려본들

지난 일, 인자 우짜노! 그렇지만 못 잊지

발을 찾아서

"자식을 낳으면 서울로 보내고

망아지를 낳으면 제주도로 보내라"

스스로 남겨진 그 집엔 누가 살고 계실까

일상이 된 승강제 타워 속을 배회하고

발 잃은 지하철 뜬눈으로 꿈꾼다

발길은 달리고 싶어 발에 걸려 휘청이고

까맣게 타는 햇빛 바닷물에 몸 적신다

차돌 같은 다짐을 구멍 숭숭 감추고

용두암 밀치는 두 눈에 푸른 눈물 뚝 뚝뚝

살아야 풀이다

남아야 하는 것들 죽어야 하는 것들

제멋대로 자르고 마음대로 뽑아도

한 치 앞 모르는 놈께 대들지도 못하고

위로 한 번 없어도 따지지도 못하고

귀신은 어디서 오고 어딜 향해 가는지

앉아서 당하는 순간 표정마저 잃었다

꽃들도 잘렸다고 열매도 털렸다고

온갖 잡놈 지랄에 벌 나비도 외면하고

풀잎은 신 내림을 받는다 살기 위한 몸짓으로

제 엄마가 맞습니다

양산서원 담장 이은 전서청 은행나무

하늘에 기대선 몸 속속들이 노랗다

세상이 노란 꽃인 줄 그리 살다 가신 님

맹물에 보리밥도 서서 삼킨 노란 날

같이 웃자 그 웃음 웃음마저 주신 님

빈 가슴 옷고름 푸는 당신 품에 안깁니다

두 눈을 꼭 감아도 머리를 흔들어도

밟으면 똥내 나고 구우면 고소한 맛

당신은 속일 수 없는 제 엄마가 맞습니다

안녕하세요

어둠도
밤이 무서워
가로등 불에 숨는다

부엉이
따라 울까
옷깃 바짝 세우고

제 온 곳
묻고 물으며
앞만 보며 걷는다

어디로
가야하나
갈래 길은 또 갈래 길

걷다가
둘러보면
본 듯한 길 여긴 어디

산 넘어
아침을 만난
난 도대체 누구요

찰 영 기울 측

물그릇 비우듯이 아픔을 비워도

물그릇 차듯이 아픔은 차오르고

알면서 비워야 하는 것 사는 것이 그렇지

밥그릇 채우듯이 기쁨을 채우려고?

차는 밥그릇 보며 즐기는 게 나을 걸

궤도를 따라 도는 달 개울물을 건넌다

밥그릇 뒤엎고 물그릇 깨뜨려도

아프면서 웃기도 기쁘면서 울기도

솔잎이 달빛을 가려도 달을 잡지 못하고

다섯 숫자

끌려오는 여행길 복권 한 장 얻었다

안 돼도 그만이고 당첨 되면 더 좋고

말로는 아닌척하면서 몰래몰래 맞춘다

서른 개 숫자 중 한 줄이 아닌 다섯 숫자

백 점 환산에 십삼 점 그래도 채점했다

웃음은 시부렁시부렁 가슴 젖혀 웃었고

이백스물다섯 중에 따로 노는 다섯 숫자

백 점 만점에 이 점 그래도 미련은 남겼고

바보야, 난 한눈에 척 다섯 명은 더 알지

숫자 세 개 한 줄이면 본전인데 말이야

서른 명 선후배 그 중에 반 이상을 안다

복권이 감당치 못 할 행운을 난 가졌지

쇠뜨기

너들만은 잘 살라고 등골까지 내줬는데

뭐 닮을 게 그리 없어 뒷모습 따라 오느냐

쇠뜨기, 마디마디를 꾹꾹 눌러 살아간다

몽당연필 끼워 쓰던 볼펜 깍지도 아꼈지

눌러 삼킨 말들은 침 발라 글로 썼다

살아서 이겨내라고 잊지 말고 살라고

욕 듣고 열 삭이며 소 먹이도 돼면서

꼿꼿하게 머리 들고 햇빛 속에 당당하게

밑상의 뿌리 깊게 박고 속 비운 채 살아간다

살아야 오는 봄

기차는 빠르게 이정표를 감추고

따라오지 못한 눈은 자동폐기 중이다

익숙한 오염 덩어리는 폐기물이 아니고

호수는 겉옷이 얼었고 배는 얼굴이 얼었다

찻길에 줄 댄 눈瞳은 바퀴에 배척당하고

움직임 멈춘 것들은 배척 아닌 도태로

산기슭 과수원은 똥내 두고 고민이다

간절한 목마름은 눈 녹여 물마시고

맹아는 퇴비를 들쳐 업고 당당함에 빨갛다

쉼

광야를 질주하던 말 풀잎에 멈춰 서고

날갯짓 새들은 나무를 밟고 서있다

담담한 초하의 산은 바람결에 기대고

불로의 웃음 찾아 하늘을 뒤적여도

경전을 펼쳐 털어도 일렁이는 행운行雲 뿐

바윗돌 색을 바꾼다 시나브로 젖으며

경주하는 돌고래 알을 낳는 거북이

숭어 떼 허들링 회귀하는 연어들

파장에 막걸리 한 잔 고등어와 아버지

울릉도 부지깽이

아궁이 앞을 이리저리 무엇을 쓸까

파도 없는 날 없듯이 역사는 자울 수 없고

거울엔 쓰지 않아도 내 모습이 비치고

산딸기도 믿고 믿어 가시를 버렸는데

명이로 명을 이어도 부끄럽지 않았는데

몸 타는 부지깽이도 매는 되기 싫은데

동해를 다 마셔도 핏줄은 안 바뀌지

거짓은 끝이 없을까 아이들이 보는데

역사는 스스로 불 밝히는 부끄럽지 않은 나

재활용

부직포는 부직포 쇠붙이는 쇠붙이대로

집 안은 비좁고 손끝은 망설이고

과거와 미래가 멀뚱히 오늘 눈치 보고 있다

내가 나를 버리면 나 또한 쓰레기

이 사람도 만나고 저 사람도 사귀고

스스로 제 다독이며 여행길에 서본다

거울을 마주하고 주머니까지 뒤집는다

아직은 쓸만하다 웃는 내가 재활용품

거울 속 나를 보면서 입김 호호 닦는다

장에 가시능교

울타리를 슬쩍슬쩍 제 것을 찾는다

찾는 것이 무언지 갸우뚱 갸우뚱

다리가 풀린 화본역에 외할머니 서있다

마지막은 안 보련다 태풍에 간 수양버들

그때는 그랬었지 목이 타는 급수탑

멋 부린 역무원 모자 찰칵찰칵 이별가

잡고 싶은 기적소리 귀에 쟁쟁 아프다

폐역이 아니라고 말 못하는 화본역

오일장 국밥 타령은 "무궁화 꽃이 피었습니다."

강가에서

바람이 넘기는 사월 강물도 한 겹 한 겹

어제의 나이테가 눈썹을 건너갔다

물 같은 세상살이를 아기 보듯 어르며

"앉아서 용쓴다"고 이것이 선키인 걸

흰머리 뽑던 민들레 제 나이를 잊었다

옹알이 받고 옹알이 목이 메는 팔반가

밥투정 하는 듯이 벚꽃이 지는 날

한 번에 셈하다 다 접고만 손가락

어머니 당신의 세월은 어느 곳에 있나요

3부

대나무

大나無 - 큰 나는 없다

막암은 골에 묻히고 훼철 사당은 대숲에

산천이 끊어진 듯 폭포수 흩어진 듯

아서라, 마디마디 충절에 산천 또한 하나다

나라 위한 죽음은 추모 전제 아니었다

훼철로도 못 없앤 의기 넘친 그 뜻은

절의로 가득한 마디 그 이름도 대 나 무

우국충정 맹약은 하늘에다 새기고

그 말씀 그 뜻을 계곡물로 받들어

막암은 오관을 지운 채 산이 된지 오래다

마음은 마음대로

연달아 심자心字를 써도 심장은 뛰지 않아

붓끝을 세워들고 벌처럼 나비처럼

가던 길 뒤돌아보며 찍는 마음, 누구셔?

수십 번 갔던 길을 걷다보면 낯설어

잘 찾은 골목길을 아닌 듯 돌고 돈다

일상이 변화인 것을 몰랐었던 난 누구?

횟수만 무한반복 찾아가는 길도 잃어

건망은 햇살처럼 형상 아닌 현상인 듯

발길이 다 닳은 후엔 살아날까 마음심

비오는 날의 백합

그녀의 큰 얼굴은 어미를 빼닮았다

소리를 흩어버린 파안은 끝없는 깊이

직선이 원으로 깨져 빛이 나며 오는 날

상아빛 주황 진분홍 하나인 듯 해맑다

비오는 날 별들은 안으로 빛나고

깡마른 그녀의 미소가 나비보다 부드럽다

살짜기 꿈을 꿨다 꽃 피자 접은 꿈들

살 빠진 다리 텅 빈 머리 그녀도 알았을 걸

죽을 힘 다해 꽃이 지면 치매만이 남는 걸

바람은 불고

날이 선 작업복이 칼질하는 겨울바다

동장군 휘어지는 거문고 열두 정을

풍화혈 따개비마저 숨긴 가슴 아프다

따다닥 붙은 이웃 큼직한 웃음소리

줄그어진 외상장부 홀로 손을 흔들고

멀어진 발자국소리 숙취 더욱 진하다

등딱지 없는 거북이 민달팽이 부럽다

수북한 안전모들 발목 묶인 골리앗

퇴색된 작업복마저 바다 빛에 서럽다

원양으로 떠난 기도 불러보는 슬도 소리

무쇠 같은 일출에 신어보는 안전화

바다는 철선을 띄우고 나는 나를 띄운다

순이

자드락 한 귀퉁이 돼지감자 꽃폈다

그립다 말 못 하고 해바라기 꽃처럼

네 이름 귀 울림 되어 벌초 길을 찾는다

언제 쯤 불러볼까 부르면 웃음 질까

물에 물탄 듯 술에 술탄 듯 산다

못 잊을 순백의 약속 사각사각 씹으며

고향이 무엇인지 알만한 나이 되니

들판 길 좁게 뵈고 가을하늘 드높아

뚱딴지 담담한 맛을 닮아가며 산단다

압화

한세상 태어나 바람 더불어 살다가

귀 쫑긋 풀 사연들 무장무장 꽃피운다

참마음 거울 비추며 살아나는 압화들

주어진 하 사연을 아픔까지 익히던

풀죽지 말라 하던 어머니를 닮았구나

쓰라림 못 들어오게 건행으로 다시 핀

천하의 풀들 사연 숙성되면 보배다

녀석들 올망졸망 눈빛으로 오네요

압화가 피는 날마다 향기 모아 모아서

* 나래시조에는 시를 옮겨 적고 압화를 곁들여 보내주시는 천 숙녀 선생님이 계
   십니다

옥수수 밭에서

무조건 뽑히는 잡초 옥수수보다 못한 풀

먼저 밟은 발자국, 발자국 뽑아 또 발자국

잡초는 내다버리고 발자국만 챙긴다

참새가 모이 쪼듯 손자 모습 그리며

눌러쓰는 손 편지 이랑 위에 올리고

강냉이 흰 구름 편에 올려 태워 보낸다

어릴 적 꿈 이야기 "나도 날고 싶었단다."

까르르 하하하 같이 나는 할배 손자

오월의 옥수수 밭에는 손자 할배 같이 큰다

우리 동네 뻐꾸기

봉지 봉지 챙겨가며 "일 좀 그만 하세요"

"이거라도 해야지 놀면 몸만 아프다"

보고 또 되돌아보는 아들딸은 '뻐어꾹'

"파스 값도 안 되는 걸 사 먹지 그만 돼요"

돈이야 안 되지만 이것이 낙인 것을...

꼬깃한 용돈 받으시며 부모님은 "뻐뻐꾹"

"애들은 같이 오냐" 목줄 묶인 대문간

일평생 배운 글씨 잊지 못한 기역자

오뉴월 우리 동네는 유모차도 "뻐꾹 뻐꾹"

집중호우

하늘로 치솟는 비, 바람도 한패거리

거실 속의 귓구멍은 황톳물의 아우성

TV는 수신불가능 파스 한 장 붙이고

유년에 감추어둔 걸리버의 발소리

굶주린 늑대들은 밀가루 손 불쑥불쑥

우르릉 쾅쾅쾅 번쩍 우르르릉 콸콸콸

비 갠 하늘 더 곱고 뻐꾸기 소리 걸림 없다

지우고 다시 쓰는 우린 늘 왕물맴이

비들은 어딘지도 모른다 잃어버린 시작점

찬바람 불면

흰 물결 뒤적이던 한바다는 뜨거웠다

망설인 명예퇴직 중년을 토막치고

살 빠진 대 방어처럼 허리띠를 죄었다

커지는 빈 머리에 가벼운 호주머니

발길질 대수 없다 머리는 숙여지고

흰 머리 골 파인 주름 스쳐가는 그날들

처처가 다른 맛깔 무지개도 씹힌다

소주 한 잔 감탄사 챙긴 건 대가리 구이

한여름 대 방어 몸값 찬바람에 상한가

첫눈이 온다기에

하늘이 내려와 자중하는 새벽에

십팔 도에 설정된 거실 보일러가 돈다

숨소리 이불을 당기고 눈은 벌써 창밖에

천지가 하얀 세상 올 거라는 소식이다

순백의 건국 위해 태극기를 그릴까

빼꼼히 떨던 시간에 개와 닭도 숨었다

감탄사 보태는 동네 욕설 난무하는 동네

복창을 건너온 우리 집 햇살 뉴스

오늘도 팔공산 첫눈은 곧 가겠다 말하고

큰 나의 밝힘

토함산, 바람에 닳아 대본 바다 금모래

모래와 모래 사이 스며 채운 호국영령

전설 속 만파식적은 가슴 가슴 잇는데

감은포구 파도는 치솟아 토함산

금당 아래 해룡은 탑으로 우뚝 서고

일순도 잊을 수 없는 감은사에 깃든 임

대종천 종소리에 동해가 출렁거려

바닷물 죄다 타도 지지 않는 혼불 하나

일출이 잊힌 날에도 나를 밝힌 대왕암!

참새 참정권

이리저리
쫓기고
흩어졌다 모이고

섬뜩하게
우르르
떼거리로 몰리고

전단지
입후보자의
입을 쪼는 참새들

창세기를
몰라도
천천히 오는 변화

참새는
믿고 있다
조금씩 나아지리라

갑자기
변하는 것들
속 쓰리고 귀 아파

우리 동네 홍 선생님

냉 콩국수 기다리는 주말부부 눅눅하다

식사 마친 홍 선생洪 鮮生 한꺼번에 계산하고

엄지 척, 에어컨보다 시원하게 나간다

조곤조곤 맷돌질 당신 닮은 콩국수

가을바람 물소리 당신 미소 더 맑아

한여름 강더위 길을 가을인 듯 걸어요

떨어져 살지만 맷돌 같은 믿음 있어

찌푸린 소식보다 좋은 이웃 만나서

콩국수 깊은 의미를 되새기며 삽니다

사는 연습

식곤증에 끌려온 꽃소식이 떨린다

꽃이 꽃에 기대고 꽃이 꽃을 안는다고

사람들 서로 보듬고 따라 하고 있다고

벌 나비 왔다 갔다 사람들 한들한들

꽃향기 여유롭고 송이송이 제 그릇

사람들, 날갯짓 따라 깨우쳤다 잊었다

사는 건 연습이다 벌 나비 앉듯 말 듯

꽃을 보듯 꿀을 따듯 봄바람 같은 세상

세상엔 너 나 벌 나비 이 꽃에서 저 꽃으로

개나리

흔들리며
산다는 말
가끔가끔 흔들린다

흔들리지
않으려
바둥거리는 것일 수도

하늘이
노랗도록 산다
별밤 통째 쏟아져도

봄볕이
따가워도
대거리 않는 것은

초록잎
내미는
살랑한 그늘이 있어

몸 숙여 굴착기처럼 머리 박고 사는 겨

4부

만학도 형수님

눈치로 살아온 글 오해 살까 조바심

팔순 넘은 삐뚤 글씨 지하철로 학교 간다

눈꺼풀 받친 서러움 글꽃 꼭꼭 심으러

눈물 같은 8자로 ㅠㅠ가 넘쳐나고

선생님, 어린 눈으로 눈물을 닦아준다

마음껏 울고 실컷 울면 행복만이 남는다고

몸 아파 누워 읽는 떠듬떠듬 처방전

무심하여 못한 말 미안하다 사랑한다

내 몸도 못 챙긴 것이 자식 어찌 키웠을까

울고불고

산청 의성 울주는 산이 불에 빠졌다고

무엇이 잘못인지 신발도 질질 끌고

피하라, 대피문자만 불티처럼 날린다

종소리 북소리 제소리를 풀어놓고

어쩌누 어찌할꼬 발과 간이 뒤범벅

꿈속에 먹히는 목소리 이불 속을 걷어찬다

꽃길 불길 앞뒤 없이 소도 뛰고 개도 뛰고

소방헬기 골바람은 부둥켜 울음 쏟고

조종사 할미 할배도 비 달라고 울고불고

봄 바다에 오는 비

발바닥에 찬 한을 자국으로 배설하고

백사장에 바늘 하나 수직으로 꽂던 날

슬며시 지나쳐가는 고민보다 많은 물결

점이 되는 선들을 쏟아놓는 품안에

몽돌보다 참은 눈물 몸이 닳는 이별연습

새들은 알아서 울고 가슴속엔 석면만

언제부터였을까 엄마를 닮은 여자

임종을 앞둔 채 지아비 품에 안겨

웃음만 살짝 지었다 거둬가는 저 투정

문경, 울고 웃는 아리랑

초록초록 흥에 겨워 기분 좋은 오늘은

하나 둘 불 밝히는 고향은 반딧불이

만나서 기쁜 얼굴이 동그라미 아리랑

주흘산 달그림자 전설 따라 모전천

언제나 즐거운 고향 사랑 내 노래

포근한 저녁 시간이 저녁놀에 아리랑

모든 걸 다 바꿔도 고향은 품어 안아

마음이 고향이라 사람이 고향이라

웃다가 울다가 또 웃는 양파 같은 아리랑

빈 지게도 무거운

팔공산 초승달도 아버진 무거워서

야윈 몸 흰 허리로 숨을 모아 걸었다

손자 놈 웃는 모습에 허리춤에 손 모아

굳은살 굽이굽이 아버지 사라졌다

껍질 벗어 속살이고 속살 굳어 껍질이다

오늘도 거울 속에는 나와 닮은 아버지가

오르막길 올랐더니 조심조심 내리막길

빈 지게 보름달 속 그보다 큰 아버지

사람들 쉬러오면서 올려보는 한티재

꽃의 입을 찾아서

꽃마다 사람이라 이름 붙여 불렀더니

제 각각 사는 이야기 바람을 넘는다

트랙터 경운기마저 소리소리 보태고

"화무는 십일 홍 인생은 일장춘몽"

꽃은 이어서 피고 벌 나비 말 옮기고

향기를 쫓는 사람들 살기 위해 죽어가고

사람이 꽃이 되면 꽃을 닮아 귀가 클까

벌 나비 꽃말 따라 쫑긋쫑긋 나는데

사람들 꽃이라 부르면 향기롭게 답할까

뜨겁게 살던 선풍기

목구멍을
뽑았다
째려보며 풀리는 눈

미지근한
아버지
눈동자가 박혔다

뜨겁게
뜨겁게 식히다
냉장실에 누웠던

아버지의
아이스크림은
늘 품안에서 녹았고

그 흐름의
온도는
알아챌 수 없었다

선풍기,
코드를 꼽자
실 실 실 실 또 돈다

시발

어금니가
맞물린
입술이 터진다

참아왔던
말들이
눈꺼풀을 누른다

마당이
쩝쩝거리며
히죽히죽 씹는다

아닌 듯
밀쳐내던
먼지들이 젖는다

게으른
변명들이
못 이긴 척 눈을 감는다

군불이
들락거리는
장맛비의 시발이다

고향이 어디라고

기어오르는 비 있다
말없는
발목 위로

떨어져
쩔뚝거려도
그렁그렁 눈물 삼키는

묻지도
못하고 가는
끝도 없는 길 같은

어디로
가야는 지
그곳이 어디인 지

그녀가
있을 것 같아
있을 건만 같아서

뚝 뚝뚝
끊길 듯 이어지는
절며 걷는 길 같은

대화가 필요해

고집통
남편이 미워
비둘기는 으이구

무논에
신랑 개구리
좋아죽네 꼬르륵

덧없다
앞산 뻐꾸기
먼 산 보며 뻐 뻐꾹

땅 파소
딱따구리
빈집 문을 탁 탁탁

카톡 왔어
산까치
손자 보고 까아 깍

세상사
별 거 없다고
흰둥이도 뭐 뭐뭐

땅따먹기 고백

내가
아는 세상이
내 세상 전부지만

세상
모두를 본 것은
절대로 아니어서

손가락
호호 불며
돌 튕겨 땅따먹기

잉걸불이
잉걸불을
눈을 붉혀 태울 때

산마루
식는 태양
경계에서 망설일 때

가만히
나타나는 세상
난 순간을 보았다

그때 볼 걸

피멍 박힌 손톱 끝 잊혀 진 봉숭아꽃

유모차에 매달려 울음보 터진 채송화

감나무 길게 내려와 집만 보는 거미야

팔을 뽑아 흔들고 목구멍 꺼내 외친다

그림자 찢긴 골목길 틀니 뺀 파란 나팔꽃

청록 빛 깡충거미가 올려보는 하늘아

검버섯 돌담 사이 바람도 힘에 겨워

몽당연필 서성이다 깍지 끼어 쓰고 간다

이름이 지워진 문패에 찾아왔다 간다고

가을바람

말똥한 유리창에 입술을 눌러 찍고

소금쟁이 멋 부리는 청개구리 한 마리

얼룩진 발자국 따라 손들었다 웃는다

손가락 마디마디 물갈퀴를 감았다

옹이 빠진 구멍을 모아 반두를 펼쳐 대고

성처럼 쌓인 굳은살 솜털처럼 젖는다

성곽은 무너지고 버들치는 제트구름

간질간질 미꾸라지 청개구리 찰방찰방

귀뚜리 야문 노래에 할배 먼저 눕는다

그리움은 거짓말

불 켜둔 채
잠드는 건
힘에 겨운 일이야

눈을
감아야만
네게로 갈 수 있는데

내 몸은
촛불로 타고
네 모습은 저기에

삥이야!
그리움은
말로 하는 게 아니래

그런데
난 말했어
탄로 난 비밀처럼

뜬눈에
맨발로 간다
지금 바로 네게로

공굴리기

체육대회에서

할미 할배 구른다 땡볕 안고 가뭄 안고

움켜쥐고 움츠렸던 뒤안길 돌아서서

지난날 어리석음이 눈덩이로 구른다

거친 손 마주 잡고 고맙소 고마워요

쓸어주고 다독이며 미안해 미안해요

주르륵 흐르는 눈물 못난 시절 굴린다

가시 가시 발라주고 마주보는 얼굴에

울컥울컥 구른다 스스로 공이 되어

굴러도 지워지지 않는 그날들을 굴린다

5부

아침편지

행주로 닦고 쓸며 그 몸을 씻고 빨고

솥뚜껑 돌고 돌며 온몸으로 덥힌 손

엄마는 뽀송한 몸짓으로 나팔꽃을 피웠다

오줌보 터질듯 한 선잠 깬 자식들이

바쁘게 신발 끌며 아침을 찾아가면

철 대문 타고 오르는 목이 빠진 애간장

아침 꽃 오므리자 황소는 길게 울어

틀니를 뺀 할매 입 웃고 있는 보랏빛

이제야 본 손 편지 위로 흔들리며 섰는 꽃

게을러 못 봤다고 무지해 안 봤다고

두 무릎 꿇고 앉아 눈물 비 뿌려본들

외진 곳, 기제사처럼 나팔꽃이 핍니다

이불도 코를 곤다

묵은 홑청 뜯어내고 이불 속도 갈아야지

불면도 풀을 먹여 반드러운 다듬이질

긴 긴 밤 집 마당에는 목화 꽃이 피었다

외풍에 시린 코끝 품어 웃던 형제들

눈꽃도 시샘하던 꼼지락 발가락 꽃

간간이 들춰보는 눈이 이불속에 녹는다

겨울이 젊은 날에는 하늘도 서걱거려

얇아진 하루해가 온돌에서 붓는다

목화솜 이불 한 채가 가만가만 코를 골고

양산서원 공자 왈

서원 뜰
오랜 나무
은행 씨 떨어진다

똥 묻은
빤스 팔아도
너들 공부는 시키마

똥 냄새
담담해지는 계절
부모 말씀 줍는다

잊고 산
당신 말씀
가랑가랑 목이 메어

약국 병원
찾다가
지친 몸 죄가 되어

또다시
당신 간담을
불판 위에 눕니다

대게 직진으로 걷다

두 눈
부릅뜨고 살다
아닌 건 눈을 감고

곧은 다리
휘지 않고
옆으로 걸어간다

달마다
과거를 벗고
박달게를 향해서

뱉고픈
욕설이야
밥물처럼 끓지만

꼭지가
돌 때는
직진으로 걷는다

올곧게
살려고 살려고
이름마저 대 게로

땅 찔레

충의공 묘소에서

햇살도 메마른 곳 붙박이가 된 땅 찔레

주검도 남 일처럼 바람마저 비꼈다가

사장에 봄비 내리듯 숨어들은 이 자리

울다 지친 갈잎들 지켜 섰는 리기다 송

영월서 숨긴 충절 솔 향조차 버거워

맹아도 말을 잊은 채 귀가 되어 앉았다

어머니 모실 집에 더 큰 임을 수습하고

고결은 고고한가 땅 찔레가 아아하다

흐노니, 충의의 뜻을 수능문제 할까나

* 대구 군위군 산성면 소재 충의공 엄흥도 선생 묘소

돌꽃 피다

고무신 끄는 소리 골목은 넓어졌다

돌 같은 약속하며 돌담께 물었었다

누구나 볼 수 있는 별 아무나 보느냐고

돌담 같은 아버지의 손가락이 휜 골목

담쟁이 들추면서 품어 안는 옛 노래

어디나 보이던 별이 아무데나 뵈냐고

뜨지 못한 추석 달 돌꽃으로 돋을새김

달뜬 마음 빼꼼히 둘러보는 고향 집

돌 같은 아버지 얼굴에 핀 검버섯이 아프다

읍청루에서

선생님
수건 머리띠
학생들 앉고서고

양산서원
현액을
탁본실습 중이다

한지에
뜨는 서기로
숨이 멎는 우리들

포개진
그날과 오늘
한 줄기로 숨이 �묀다

명경 속
말씀들이
묵향으로 일어서고

맑은 땀,
왼쪽 눈에 흘러
윙크 하트 보탠다

에비*

독도경전

고깃국 아니어도 내 것이 만찬이다

부지깽이나물밥 둘러앉은 밥상머리

하지 마, 제 가슴 찌르는 일 탐하는데 있단다

이웃의 귀를 잘라 무덤을 만들고는

아픔을 못 듣는 척 코를 잡고 억지다

억지에 썩는 몸뚱어리 네가 먼저 알 텐데

이렇게 뒤적이고 저렇게 찔러도

검불이야 화르르 태울 수 있다지만

잉걸불 집적거리면 부지깽이 탄단다

어리석은 손자 놈 할배 수염 잡는다

수염을 죄 뽑은들 조손간이 바뀌냐

동해를 모두 퍼내도 뿌리 엄연 대한 땅

* 에비: 정유재란 당시 코와 귀를 베어간 일본의 만행에서 비롯된 말로써 아이들
에게 어떤 일을 하지 못하게 하기 위하여 무서운 것이다 는 뜻으로 내는 소리

장미

비닐도 붙들고 신문지도 안았다

바람에 항거하다 얻어맞고 터지고

별리의 아픔을 알고도 손을 잡는 가시다

세상이 두려워서 가시를 세운 게 아냐

총기는 오해인 겨 반갑다 내민 손이야

꽃 지자 시작된 기다림 외로움이 굳은 겨

예쁘다 아름답다 형형색색 감탄사

예쁜 것 당신 모습 슬픈 것도 당신 맘

가까이 다가오세요 내 맘 속에 피는 꽃

눈물이 있어 봄

껍질로 두고 흐르는 내 안의 물소리

아직은 빈티지 방천 햇살 살갑다

눈물은 찬바람 핑계 손을 씻는 이 시간

휘파람새 끊긴 곡조 봄 하늘을 닦는다

까까머리 청 보리밭 따라나선 쑥스러움

입 안을 맴도는 휘파람 웃고 마는 내 노래

엄마를 부를수록 거짓말은 더 커져

된장찌개 끓이다 눈물 섞인 국이 되는

가식에 흐르는 묵언 달래 냉이 봄이다

껍데기도 향기롭다

때 놓친 낫질 끝에 깨알은 후회처럼

향기만 남아돌고 알맹이는 집을 비운

사는 것 다름없다네 사람이나 들깨나

깨알이 떨어지면 밭 어디서 찾을까

신이 아닌 사람들 실수라고 멋쩍다

반성은 기름을 짜고 소주병에 갇힌다

매 맞는 작대기에 말리는 깨알들은

유행가 흥얼흥얼 귀에 가득 살이 찐다

깻단을 안던 품에는 품을 안은 향기가

꽃샘사월

가둬두고 싶었던 겨울이 쪼그려 앉았다

유리 쪼가리 바람도 병아리 속 털 햇살

안는다, 누워서 봐도 봄 하늘은 봄 하늘

동안거의 숨소리 슬리퍼를 끈다

다 내렸다 가슴 펴니 그 생각이 남았다

노란 풀 양지꽃들이 비스듬히 웃는다

매화 산수유 개나리 제비 할미 민들레

꽃 이름 부르는 동안 살얼음이 얼었다

머리를 가로 젓는 바람, 꽃 아니고 봄이래

가위는 걸을 때 힘이 세다

작은 입
오물거리며
긴 다리로 걷는다

강직한
아버지보다
맺고 끊음 확실한

가위는
군더살 없이
갈 길 갈 때 힘이 세다

꿰맨 곳
맺힌 곳
마무리하고는 말없음표

핀셋의
감사 기도에도
묵묵히 길을 가는

가위의
짧은 미소가
은빛보다 힘이 세다

엄마는 엄마 아닌 엄마 꽃이다

잎줄기 아니었다 뿌리도 아니었다

튼튼해라 다독이고 대견하다 치켜세운

엄마는 우리 얼굴로 기뻐 피는 꽃이다

뿌리가 맞았다 잎줄기가 맞았다

다 주고 희멀건 몸피 핏줄 거친 젖가슴

엄마는 웃는 내 얼굴로 웃고 있는 꽃이다

그림자마저 누가 될까 바람에 흔들리는

흔들리다 잊고 만 그림자 없는 당신

엄마는 엄마가 아닌 자식이 핀 꽃이다

줄다리기

쪼그려 앉아 하나 둘 셋 일어서며 당긴다

잡은 줄 믿음 묶고 하나로 몸을 젖혀

하늘엔 비행기구름 팽팽해진 가을이다

보루가 되는 땅바닥 운동화 애가 탄다

한껏 팔을 내밀어 이웃을 끌어안고

어영 차, 내가 먼저다 서로 안고 하 하하

아지매 아제 응원에 형님 아우 함께 뛰고

느티나무 손뼉 치고 저녁놀 넉넉할 때

알았네, 하늘과 땅이 하나 되어 사는 걸

6부

양산陽山 서원에서

채미도 부끄러워 머리 숙인 산 아래

분 바른 얼굴 하나 양산陽傘 속에 감춘다

제 잘나 바쁜 사람들, 팔공산은 담담하고

석굴암 목탁소리 구름을 두드린다

서원의 글 읽는 소리 돌이끼를 지우고

흙탕물 가라앉히고 맑게 흐를 냇물이여

척서정 굽은 등은 물그림자 붙잡고

폭포는 낮춘 음역 제 몸을 휘젓는다

읍청루 은행나무는 똥 기저귀 씻어 널고

사백 년 왕버들은 세류에도 변함없이

어제의 그것보다 내일의 저것보다

글 읽는 오늘이 좋아라 서원 담을 넘는다

엄마도 엄마가, 아빠도 아빠가 있어

가르침은 흐르고 발자취는 남는 것

몸 숙인 밑돌 밑돌에 귀 기울일 그 말씀

부끄럽거나 당당하거나

오일장 한 귀퉁이 펼쳐놓은 푸성귀

그냥 주면 그냥 주지 그렇게는 못 판다

보란 듯 똥까지 태우는 별똥별이 스친다

투표용지에 찍은 동그라미 사람인

사람인 가둬두고 약속은 공허하다

파장에 고등어 한 손 술 한 잔에 귀거래

탁 탁 턴 빈 주머니 맨주먹이 채우고

사는 것 부끄러우면 죽도록 살면 된다

별밤에 붉어진 내 얼굴 나를 보며 웃는다

붉은 아카시 꽃

달빛을 다 마셔도 폐부는 반죽 떨고

수업 파한 운동장 밤마다 창백하다

만남도 이별도 아닌 눈썹 떠는 시간들

꿀벌의 날갯짓소리 인생변명 탓하고

한 시절 진한 향기 일촌광음 눈물인 양

인각사 가는 고갯길 달빛마저 아프다

꽃들은 피고지고 끊긴 듯 이어 피고

조림산 신남촌엔 충의공 얼이 싹터

수백 년 숨어 산 사랑이 각혈하며 꽃핀다

뻥튀기보름달

뻥튀기 씹는 소리 보름달이 기운다

한 입 베어 한 걸음 낙엽 촉촉 배시시

어리는 아기단풍잎 볼이 아직 발그레

금포정 연리지를 이리저리 돌아서

송천반석 단풍잎 나도 어린 물고기

뻥튀기 기운 보름달 산문 안을 구르고

손 비벼 입김 불어 단풍 귀를 보듬는다

뜸 드는 가을 하늘 아직은 따스하고

손잡은 은빛 바닷가 나도 함께 기운다

인생 오미자

사랑한다 말 못 한 가슴 가슴 아파서

아픈 가슴 숨긴 채 서울 가는 사람아

문경의 청풍가경은 어찌 두고 가려나

기다려 달라 그 말을 그 한 마디 못해서

눈빛만 애가 타서 깜빡깜빡 아팠다

주흘산 밤하늘별만 올려보고 또 보고

참고 숨긴 그리움 모전천을 채우고

돌아온 단풍 길을 날개 펼쳐 나는데

깊은 맛 오미자사랑 웃고 지고 웃고 지고

넝쿨을 걷어내고

감은 듯 떨리는 눈 엿보듯 다가간다

첫사랑의 입술은 터질 듯 순홍이다

호미질 두근거림은 강더위 속 내 엄마

사랑합니다, 한 마디 주저주저 못하고

미안합니다, 한 마디 미안해서 못하고

오늘은 이 핑계 저 핑계 덩어리째 뽑는다

땅속에 묻혔어도 흰 피는 솟구친다

간직한 꿈보다 큰 당신의 내리사랑

저녁놀 멈춘 고구마 밭 내 심장을 캐낸다

고향은 뜬눈이다

떠난다 말도 없이 언제 온다 약조 없이

타향살이 귀향길 망설이다 오십여 년

우연히 몰래 온 발소리 비에 들킨 밤이다

반월성 해자 오리, 별에 잡힌 첨성대

동궁 월지 부용화, 가로등 해바라기

밤마다 서서 기다리는 천년 밤이 뜬눈이다

자식사랑 부모은중 감은포구 말이 없고

감탄은 남이 하고 자랑은 내가 한다

송대말 탐조등 불빛 길 밝히는 이 시간

늦깎이

대추

언제 다 키울꼬 꽃피자 열매 맺어도

어제 배운 글씨는 아삼삼해 다시 쓰고

처방전 못 읽었어도 팔월 땡볕 넘었다

물어물어 가던 곳 눈치로 찾던 길을

칠순 넘어 배운 한글 버스 타고 병원 간다

명절날 차례 상에도 제일 먼저 올랐고

지렁이 같은 주름은 삐뚤삐뚤 글씨다

길을 나선 글들이 이정표를 읽는다

땡볕에 마른 지렁이를 "뱅뱅 돌아가세요"

논어畓魚

논에다 물 먹이고 고기 함께 키운다

물고기 김을 매고 덩달아 살 오르고

사는 법 살리는 법을 가르치고 배우고

논바닥 갈라지고 공자가 죽었다

두 눈 뜨고 못 본 척 미꾸리 사라졌다

원아들 총총 걸음이 처진 아빠 데리고

자식자랑 무너진 삶 개 줄 따라 산책길

대숲의 바람소리 당나귀는 길게 울어

한때는 날아다녔다 지름길도 먼 오늘

둑을 뚫고 하늘 날고 눈을 뜨면 논바닥

나를 안고 다독이며 미안해 사랑한다

벼 사이 헤엄치는 오리, 불위불능 곱씹고

비 오는 날의 소고

비 따라
왔다가
물이 되어 떠나는 밤

비는 또
물이 되어
죽어도 살아야 하고

이어진
미주알고주알
생과 사가 시발이다

하루에
한 번쯤
생과 사를 생각한다

삶과 죽음
그 사이를
상여가 지나가고

찻길에
펼쳐진 오늘은
아름답다 말한다

선물

감미롭고 격정적인 열창하는 가수가 있다

여자의 콧노래는 TV 잡고 춤추고

연분홍 꽃이 되는 순간 신랑 눈이 꽂힌다

남자가 눈으로 채널을 바꿔 돌리자

여자의 삐쭉한 입이 눈 속으로 들어온다

묻지도 따지지도 않고 어설프게 웃는다

준다고 다 받을까 받아야 내 것이다

주지 못한 선물은 내 손안에 있는 걸

부르자, 즐기는 오늘 인정하는 여유로

복은 갇히지 않는다

양파 망 속 복수박 하늘빛은 더 붉어

작지만 너무나 큰 푸른 그늘 쏟는다

한평생 물처럼 살고픈 붉은 마음 넘치고

이슬로 몸을 닦고 땡볕에 잡념 태워

담장을 넘으리라 스스로 줄이 되어

오롯이 단물 되리라 임의 갈증 적시는

한여름 손님처럼 목을 죄는 붉은 말

침묵하는 그녀는 에메랄드 목걸이

껍데기 갈등을 벗고 소낙비로 내린다

능소화

곤장을 맞더라도 한 번 활짝 피고파

손톱 밑 박힌 돌도 운명으로 안았다

기울며 스러지는 흙담 벽 꿈결에도 붙들고

밤마다 달을 깎고 진종일 해를 닦아

함박웃음 한바탕 터지게 웃고 싶어

세상 일 가리지 않고 피터지게 살았다

남겨진 시골집엔 별밤 진 지 오래고

무동 태우던 어깨 달빛에도 힘겨워

능소화, 전봇대에 올라 빈집 밖만 향한다

고장 난 경고음

볼 일을 마치지 못한 하루가 차 안에 있다

자동차는 자지러지게 깜짝깜짝 울고

차주는 어쩔 줄 몰라 리모컨만 누른다

열고 닫는 문틈에 은박지 한 조각 끼어

낯가림 심한 차는 키를 안고서야 잠들었다

못난 놈 품은 부모는 어디에서 울었을까

부모는 자식 말을 온몸으로 들으시는데

몸으로 하신 부모 말씀 귀로만 듣자 했네

목 놓아 우는 제 소리 무릎 꿇고 듣습니다

등산화

어느 해 생일선물 딸이 사준 등산화

누르고 산 세월이 주둥이를 벌렸다

지나온 세월 이제 어쩌누 접착제로 붙인다

상처는 아물어도 흉터는 지울 수 없어

눌러 붙인 주둥이도 히죽히죽 잠든다

산이란 세상살이가 딸내미를 부르고

산에는 기암괴석 절벽엔 흰 노송을

네 산엔 고운 단풍 아름드리나무들만

낙엽 진 계곡물에서 등산화를 벗는다

7부

찌그러진 동전

"해삼은 만져보고, 멍게는 그냥 사라"

멍게가 되었다가 해삼이 되었다가

또르르 동전 한 닢도 두 손으로 잡던

밟히면 밟힌 대로 차이면 차인 대로

비 오는 길바닥에, 붐비는 버스 간에

그림자 잃고 나앉은 찌그러진 동전 꽃

바람에 손이 트고 굳은살 두꺼워도

밥 한술 같이 먹고 손잡고 기도하길

인생은 즐기기 나름, 아빠 닮은 저 동전

양산폭포 어머니를 탁본하다

잡목을 베어내고 사다리 발 담근 채

책 속의 글을 쫓아 그날 결기 찾는다

마주 선 양산과 폭포, 모자처럼 서 있고

누구를 원망하랴 다 줘도 부족한데

몸만 성하면 산다며 몸까지 바친 당신

하루를 살다가 가도 부끄럽지 않으리

세류를 탓 하리오 하늘만 바라보던

절벽에 당신 묻고 흰 피를 하혈하던

청태 낀 그 기도문을 하얗도록 받습니다

산성山城 길

등껍질 벗겨져라 마음 짐 내려놓고

잇댄 성姓과 성姓은 산보다 높은 산성山城

외침은 부질없는 일 보란 듯이 보듬고

무엇을 다졌을까 산이 된 발자국들

성벽엔 돌꽃 피고 봄볕은 따스한데

발자국, 그 소리 듣는 민들레가 당차다

둘레길 된 산성 길 산 뜻은 살아나고

성루서 굽어보는 함께 사는 저 아래

큰 나를 찾아가는 길 몸을 내준 산성 길

반구대, 그 소리

망원경 끝을 잡고 대해를 그려봐도

바닷길 끊어지고 노랫소리 멎었다

나무에 오른 고래들 잠수함 탄 사슴들

머리띠 동여매고 허리 꺾인 저 눈빛

포경선 묶여 낡고 물결도 숨이 찬데

꿇앉은 반구대의 기도, 빛을 잃는 눈동자

잠겼다 드러나고 나타났다 사라져

물고문 수십 년에 저승꽃 핀 저 얼굴

뼈 피리 건져 말린들 그날 함성 들릴까

상강 날 만난 당신

어디를 가느냐고 볕이 나를 잡아도

무작정 떠났지 버리려고 갈등하며

고민이 백발이 되어 갈등 속을 걸었다

당신의 품에 안겨 찬기를 느꼈을 때

희붐한 속눈썹은 겨울 앞에 떨어졌다

강보엔 어제의 생명이 재탄생 중이었고

눈이 부신 풀들은 찔끔찔끔 울었다

마음껏 울고 나면 웃음만 남는다고

마당도 눈을 비비며 풀을 안고 울었다

반영

앞산을 미끼 꿰어 냇물에 드리운다

하늘과 구름이 앞 다투어 입질하길

초릿대 두근거림에 잠자리만 바쁘다

물 휘젓는 저녁놀 송사리도 흩어지고

지나는 무궁화호 앞산 건져 가버린다

어머니 된장찌개엔 젖은 멸치 눈 뜬 채

망태기 텅 비어도 나를 낚던 시간 담아

에움길 굽은 길도 믿고 가는 평행선

사는 일 낚시 같은 것 내가 바로 미끼다

이슬

뽕나무밭 첫차는 언제부터였을까

오전 열시 차편의 그녀는 담담하다

잡초의 등줄기까지 쓸어주던 그녀는

옷깃이 스칠 때부터 이별은 시작되고

이파리 휘청거림도 폐가 될까 어려워

말없이 햇살을 따라 둥근 눈물 굴리는

발소리 숨소리도 제 스스로 거두며

거미줄 흔적마저 지워버린 그녀는

오늘도 해 바람 속에서 해 바람이 됐을까

세상은 씨앗

아내를 배웅하는 골안개가 핀다

물처럼 흐르는 삶 인연으로 핀 안개

기차는 해와 같아서 제 갈 길만 향하고

누구나 한 번쯤은 떠나고 싶어 하지

봄이 되면 가을을 가을 오면 봄날을

새끼들 얼굴 살피다 제 자리서 맴 맴맴

말을 하지 않아도 다시 돌아오는 것들

골안개도 기차도 만남도 헤어짐도

씨앗을 남기는 것들은 떠나본 적 없다며

살구피리

꽃피워
열매 맺고
주근깨로 익는다

양날의
검과 같이
조신하게 살다가

스스로
못 부른 노래
바람결에 기댄다

버텨온
중심선이
타원으로 되산다

날 세운
자존심을
바늘로 비워내고

떨리는
입술을 따라
첫사랑을 부른다

김 영감과 기타줄

우리 동네 김 영감 한 잔 술에 가수다

예순 지나 배운 기타 나도야 연예인

진종일 동전 없는 도돌이표 매미다

빈 잔을 넘친 노래 영감 홀로 즐겁고

로망스 기타 연주 온몸 먼저 떨었다

말매미 목 놓은 열창 강더위에 쏟는다

한턱내지 못해도 땀은 땀은 넘쳐나고

지쳐버린 풀벌레 가끔 부는 솔바람

말매미 김 영감과 기타줄 공짜배기 삼인조

지슬

짓밟힌 제주 동백 붉은 게 죄였다며

새들도 살아남으려 사팔뜨기 날갯짓

하늘의 빨간 태양도 구름 뒤에 숨었는데

덜 영근 지슬마저 뿌리째 뽑은 짓은

아침 새 달랜다고 뒷짐 지고 감췄다며

들린다, 구구단 소리 사아삼은 시비다

더러운 두려움에 핏빛 감춘 정방폭포

상큼한 제주 귤 향 탱자로는 못 막지

지슬은 제 몸을 잘라 감자 꽃을 피우거든

아도니스

내 너를
꺾으리라
겨우내 이를 갈았네

덧없다
부는 바람에
발화하는 한 송이

스스로
곪은 날 보며
온달처럼 웃는 꽃

겨울바람
억울에
심장이야 못 주지만

푸르른
그 용서를
앞으로 같이 하마

무룡산
달골 가는 길
온달처럼 피는 꽃

화순 적벽

돌탑 쌓는 사람들 무언을 얹는다

천제단 제단 위엔 돌멩이 몇 개 흩어진

건망증 앓는 옛 동네, 가뭄 따라 떠오르고

그리워 그리워서 정자에 올랐더니

그 시절 그 이름들 입안에서 뱅 뱅뱅

망향정, 눌러쓴 현판도 눈물만 그렁그렁

망미정 억누른 정 대숲 가득 바람소리

끝내는 말 못하고 마디만 만지다가

가슴에 머리를 포갠 석벽, 눈시울이 벌겋다

은하사, 탑이 된 그리움

고향을 떠나왔다 풍파를 건너 건너

이름도 바꾸었다 거북이 산으로 가고

낙동은 산 굽이굽이 잘라 잘라 흐르고

일가를 이루어도 두고 온 친정집을

호칭을 바꾸어도 잊을 수 없는 것은

낮달도 입을 벌린 채 눈만 눈만 껌벅이고

짭조름한 바람 쌓은 신어산 경전 한 줄

촛농 굳어 마음심 세월에 갇힌 파사탑

사는 땅 고향이라며 탑돌이는 계속이다

화재경보입니다

일 계급 특진이면 어깨가 으쓱할까

훈장을 받았다며 동네방네 잔치일까

어버이 인연조차도 죄가 되어 찢긴다

공중에 허공 있어 석탑도 둥둥 돌고

허공에 세운 벽이 청춘을 가둘 줄을

탑돌이 따로 도는 나, 공범으로 서있다

목 내놓은 흰 국화, 몸 사르는 향 촛불

발목잡고 용서 빌고 돌아오라 불러도

살리려 죽어간 임들이 돌아선 채 간다네

세상을 밝히려고 불을 끄던 임들이여

안달복달 지랄난리 눈물로 불을 끈들

어디서 어떻게 만날지 잊고 살까 두렵소

해설

스스로를 낮추고 새로운 관점으로 바라볼 때
진정한 자아의 모습이 드러난 작품

김종억 (시인·문학평론가)

프롤로그

시는 내면 깊숙이 자리한 그리움, 사랑, 기쁨, 슬픔 같은 감정들을 가장 섬세하고 밀도 있게 표현하는 언어의 결정체라고 할 수 있다. 시인은 언어를 통해 세상과 소통한다. 독자는 그 언어를 통해 시인의 감정을 공유하고 자신의 감정을 돌아보게 된다. 우리가 일상에서 지나칠 수 있는 작은 것들, 예를 들어 풀 한 포기, 바람 한 줄기, 고요한 아침 햇살 속에서도 삶의 의미와 존재의 본질을 찾아내는 예술이다. 단순한 묘사를 넘어 사물의 내면을 들여다보고, 숨겨진 의미를 발견하게 한다. 시는 '자연의 아름다움'과 '삶의 의미'에 대해 통찰을 제공하는 훌륭한 도구가 된다. 작품의 깊이를 탐구하는 시론은 그 자체로 또 하나의 창조적인 여정이라고 생각한다. 시는 언어의 운율, 비유, 상징 등을 통해 독자에게 특별한 미학적 경험을 선사한다. 정제된 언어가 주는 아름다움과 깊이는 독자의 마음속에 오래도록 여운을 남기곤 한다.

김상철 시인의 작품 "바보가 제머리를 찾다"는 현대인이 잃어버리기 쉬운 자아 정체성과 그 회복의 방법을 시인의 섬세한 감각과 사색을 통해 전달하는 아름답고 의미심장한 작품이다.

문학평론은 이 경이로운 경험을 통해 단순한 감탄에서 멈추지 않고, 그보다 깊이 이해하고 성찰하려는 지적 여정이다. 그것은 한 편의 작품이 지닌 다채로운 의미의 층들을 섬세하게 해독한다. 이어 작가의 숨결이 닿은 의도를 찾아내고자 한다. 시대의 정수와 인간 보편의 진실을 작품 속에서 길어 올리는 과정이다.

이제 김상철 시인이 발굴한 언어의 미로 속으로 들어가 본다. 그 속에서 우리는 작가의 상상력과 마주하고, 시대의 아픔에 공감한다. 궁극적으로는 우리 자신의 내면과 빗대어 들여다보는 귀한 시간을 갖게 될 것이다.

짧고 간결한 언어 속에 자기 성찰의 깊이를 담아낸 작품 - "바보, 까꿍!"(1)

김상철 시인의 시 '바보 까꿍'은 짧고 간결한 언어 속에 자기 성찰의 깊이를 담아낸 작품이다. '바보'와 '까꿍'

이라는 제목의 유희적인 대비는 시가 던지는 존재론적
질문을 한층 부드럽게 감싸 안는다. 익숙한 일상 속에서
자신을 찾아가는 과정을 흥미롭게 그려낸다. 시는 크게
두 부분으로 나뉘어 거울을 통한 자기 인식과 내면의 자
기 탐색이라는 두 가지 방법을 제시한다.

거울 앞에
서서 본다
내 머리가 거기 없다

무릎 꿇고
몸 낮춘다
거울 속에 나 있다

분실된
머리 찾을 땐
몸을 낮출 일이다

거울이
사라졌다
키 큰 내가 없어졌다

얼굴을

더듬는다
손 안에 내가 있다

내 안의
나를 찾을 땐
두 손으로 살펴야.

- 「바보, 까꿍」 전문

    첫 번째 연에서 시적 자아는 거울 앞에서 '머리가 거기 없다'고 고백한다. 이는 단순한 물리적 부재를 넘어, 거울에 비친 모습만으로는 온전한 '나'를 파악할 수 없다는 깊은 자각을 드러낸다. 표면적인 자아가 주는 혼란과 상실감을 '머리'의 부재로 상징하며, 현대인의 피상적인 자기 인식을 날카롭게 짚어낸다. 그러나 절망하지 않고 '무릎 꿇고 몸 낮춘다'는 겸손한 행위를 통해 거울 속에서 비로소 '나'를 발견한다. 이는 외부의 시선에 자신을 맞추기보다, 스스로를 낮추고 새로운 관점으로 바라볼 때 진정한 자아의 모습이 드러난다는 깨달음이다. '분실된 머리 찾을 땐 몸을 낮출 일이다'라는 마지막 구절은 겸손과 성찰을 통해 자기 본연의 모습을 회복할 수 있다는 시적 해답을 명확히 제시하며 연의 의미를 응축한다.

이어지는 두 번째 연은 한 단계 더 나아가 외적인 도구인 '거울'마저 사라진 상황을 설정한다. '키 큰 내가 없어졌다'는 표현은 거울이 반영하던 외형적 자아, 혹은 세상이 규정한 사회적 자아가 무의미해진 순간을 암시한다. 이제 시적 자아는 외부의 시선에서 완전히 벗어나 '얼굴을 더듬는다'는 촉각적인 행위를 통해 자신을 찾아간다. 눈으로 보는 것이 아닌, 손으로 만지고 느끼는 과정은 가장 본질적이고 순수한 내면의 자아를 탐색하는 행위이다. '손 안에 내가 있다'는 깨달음은 진정한 자신은 외부에 있지 않고 내면에 깊이 자리하고 있음을 알려준다. '내 안의 나를 찾을 땐 두 손으로 살펴야'라는 결론은 표면을 넘어선 심도 깊은 내면 탐구와 자기 위로의 중요성을 강조한다.

이 시는 '바보, 까꿍!'이라는 천진한 제목처럼, 어린아이의 놀이 속에서 찾을 수 있는 순수한 자기 발견의 기쁨을 담고 있다. 시인이 제시하는 두 가지 자아 탐색 방법 – 겸손한 자세로 외적 자아를 조망하는 것, 그리고 내면을 깊이 들여다보는 것 – 은 오늘날 우리가 잊고 지내는 삶의 중요한 통찰을 전한다.

이처럼 '바보, 까꿍!'은 짧은 시임에도 불구하고, 현대인이 잃어버리기 쉬운 자아 정체성과 그 회복의 방법을 시인의 섬세한 감각과 사색을 통해 전달하는 아름답고 의미심장한 작품이다.

한 편의 밝고 유쾌한 사랑가 - "문경 돈돌라리"(2)

'문경 돈돌라리'는 지역에 대한 깊은 애정과 삶에 대한 긍정적 태도가 어우러져 만들어진 한 편의 밝고 유쾌한 사랑가이다. '돈돌라리'라는 제목이 풍기는 흥겨운 리듬감처럼, 시는 문경의 아름다운 풍광과 그 속에서 살아가는 사람들의 따뜻한 마음, 그리고 현재를 소중히 여기는 지혜를 노래한다. 각 연의 마지막에 반복되는 "한바탕 즐기며 가세 우리 모두 여기서"라는 후렴구는 시 전체에 활력과 공동체적인 정서를 불어넣는 중요한 장치이다.

보고보고 푸른 하늘 오매오매 맑은 물

배우고 나눠야지 오미자 빨간 세상

한바탕 즐기며 가세 우리 모두 여기서

봉황 샘 물마시고 고모산성 든든한

아름다운 진남교반 새소리 사람소리

한바탕 즐기며 가세 우리 모두 여기서

기쁜 소식 웃는 문경 사람이 고향이다

오늘이 평안해야 오늘이 행복이지

한바탕 즐기며 가세 우리 모두 여기서

- 「문경 돈돌라리」 전문

첫 번째 연은 문경의 자연이 선사하는 순수하고 청량한 이미지로 시작한다. "보고보고 푸른 하늘 오매오매 맑은 물"이라는 반복적인 표현은 맑고 깨끗한 문경의 자연을 오롯이 느끼는 화자의 감탄을 담아낸다. 마치 민요처럼 입에 착 감기는 정겨운 운율을 형성한다. 이어지는 "배우고 나눠야지 오미자 빨간 세상"에서는 문경의 특산물인 오미자를 통해 지역적 특색을 살림과 동시에, 자연이 주는 풍요로움을 서로 나누며 함께 배우고 성장하는 공동체의 가치를 강조한다. '빨간 세상'은 오미자의 색깔을 넘어 활기차고 생동감 넘치는 문경의 모습을 은유하는 듯하다.

두 번째 연은 문경의 유서 깊은 장소들로 시야를 넓힙니다. "봉황 샘 물마시고 고모산성 든든한"이라는 구절은 지역의 역사와 전설이 깃든 공간들을 호명하며, 문경이 가진 견고하고 유구한 멋을 보여준다. 특히 "아름다운 진남교반 새소리 사람소리"에서는 자연의 소리와 사람들의 소리가 어우러지는 평화롭고 조화로운 풍경을 시각과 청각을 통해 생생하게 그려낸다. 이는 자연과 인간이 공존하며 만들어내는 아름다운 하모니를 포착하는 시인의 세밀한 관찰력이 돋보이는 부분이다.

마지막 연에서 시선이 풍경에서 사람으로, 그리고 삶의 본질로 향한다. "기쁜 소식 웃는 문경 사람이 고향이다"라는 표현은 '공동체 참여'의 가치가 시적으로 승화된 부분으로 느껴진다. 풍요로운 자연과 견고한 역사도 중요하지만, 결국 고향을 고향답게 만드는 것은 그 안에서 함께 웃고 기쁨을 나누는 '사람'임을 역설한다. 인간적 유대의 소중함을 강조한다. "오늘이 평안해야 오늘이 행복이지"라는 짧지만 울림이 깊은 문장은 화자의 '삶의 깊이와 여유를 중요하게 생각하는 태도'와 '노년의 삶에서 느낄 수 있는 작은 행복과 평온함에 대한 관심'이 잘 드러난 지점이다. 미래를 위한 분주함보다 '오늘'의 평안과 행복에 집중하는 삶의 지혜가 따뜻하게 전해진다.

세상 모든 자녀에게 전하는 따뜻한 울림 - "엄마의 응원가"(3)

'엄마의 응원가'는 자녀를 향한 어머니의 조건 없는 사랑과 깊은 이해, 그리고 삶의 지혜가 담긴 서정적인 메시

지를 담고 있다. 시인의 '부모와 자식'에 대한 깊은 성찰과 '어머니에 대한 그리움', 그리고 '가족 사랑'의 가치가 이 시 한 편에 응축되어 빛을 발하는 듯하다. 이 시는 세상 모든 자녀에게 용기와 위로를 건네는 어머니의 목소리이자, 삶의 본질을 꿰뚫는 따뜻한 철학으로 다가온다.

어디를 가더라도 나는야 너를 믿지

가다가 힘이 들면 쉬었다 가려무나

거기가 너의 출발점 다시 하면 된단다

누군가 너를 보고 잘했다 다독이고

최선을 다했으니 힘내라 말하지만

그마저 힘 든다는 것 눈만 봐도 안단다

무엇을 하더라도 그것은 네 몫이야

잘하면 더 좋지만, 그냥 하면 되는 거야

지금 해 즐거우면 돼 모자람도 힘이야.

- 「엄마의 응원가」 전문

첫 번째 연은 자녀를 향한 어머니의 흔들리지 않는 '믿음'으로 시작한다. "어디를 가더라도 나는야 너를 믿지"라는 첫 구절은 어떤 상황에서도 변치 않는 절대적인 신뢰를 보여준다. 이는 자녀가 세상을 향해 나아가는 가장 든든한 버팀목이 된다. "가다가 힘이 들면 쉬었다 가려무나"라는 말에서는 자녀의 고통과 어려움을 헤아리는 어머니의 섬세한 배려와 쉼을 허락하는 지혜가 느껴진다. 실패나 좌절을 '끝'으로 보지 않고 "거기가 너의 출발점 다시 하면 된단다"라며 새로운 시작의 가능성을 열어주는 모습에서, 자녀의 성장과 회복을 누구보다 바라는 어머니의 숭고한 사랑이 오롯이 드러난다. 이는 시인이 '자녀의 독립적이고 주체적인 성장을 목표로 하는 이상적인 부모상'을 제시했던 것과 일맥상통한다.

두 번째 연에서는 자녀의 깊은 내면까지 헤아리는 어머니의 공감 능력이 돋보인다. 외부에서 오는 "잘했다 다독이고 / 최선을 다했으니 힘내라 말"하는 격려조차 때로는 버겁고 닿지 않을 때가 있음을 어머니는 "그마저 힘 든다는 것 눈만 봐도 안단다"라며 정확히 꿰뚫어본다.

마지막 연은 자녀에게 온전한 자기 결정권과 주체적인 삶의 자세를 부여하는 메시지로 완성된다. "무엇을 하더라도 그것은 네 몫이야"는 자녀의 선택을 존중하고 그

책임마저 사랑으로 감싸 안는 성숙한 사랑의 자세이다.

'엄마의 응원가'는 자녀에게 삶의 방향을 강요하기보다, 그들의 있는 그대로의 모습을 받아들이고 스스로 삶을 꾸려갈 수 있는 내적 힘을 길러주는 진정한 어머니의 마음을 담고 있다. 짧은 시구 속에 담긴 위로와 격려, 그리고 깊은 지혜는 자녀뿐만 아니라, 스스로를 다독여야 할 모든 이들에게 큰 울림을 전해줄 것이다.

역설로 직조된 그리움의 산실 - "그리움은 거짓말"(4)

'그리움은 거짓말'은 언어의 역설적 힘을 빌려 그리움이라는 보편적인 감정의 본질을 파고드는 수작이다. '그리움은 거짓말'이라는 강렬한 제목은 독자로 하여금 시의 내용에 대한 호기심을 자극한다. 그리움에 대한 상투적인 인식을 전복하려는 시인의 의도를 명확히 드러낸다. 이 시는 고통스러운 현실과 간절한 내면의 욕망 사이에서 갈등하고, 결국은 자신의 진실된 감정을 폭발시키는 시적 자아의 모습을 섬세하게 포착한다.

불 켜둔 채
잠드는 건
힘에 겨운 일이야

눈을

감아야만
네게로 갈 수 있는데

내 몸은
촛불로 타고
네 모습은 저기에

뺑이야!
그리움은
말로 하는 게 아니래

그런데
난 말했어
탄로 난 비밀처럼

뜬눈에
맨발로 간다
지금 바로 네게로.

- 「그리움은 거짓말」 전문

　시의 초반부는 그리움에 사로잡힌 자아의 고통스러운
현실을 그린다. "불 켜둔 채 / 잠드는 건 / 힘에 겨운 일이
야"라는 구절은 불안과 불면의 밤, 즉 현실의 고통 속에

서 편히 안식하지 못하는 시적 자아의 상태를 보여준다. 이어진 "눈을 / 감아야만 / 네게로 갈 수 있는데"는 보고 싶은 이를 만날 수 있는 유일한 통로가 꿈이나 상상 같은 비현실적인 공간뿐임을 암시한다. 그리움의 대상을 현실에서 만날 수 없는 부재와 단절감을 효과적으로 표현한다. 그리고 "내 몸은 / 촛불로 타고 / 네 모습은 저기에"라는 비유는 그리움으로 인해 온몸이 소진되는 듯한 극심한 고통과, 그럼에도 불구하고 대상은 여전히 멀리 '저기에' 존재한다는 절망감을 동시에 보여준다.

하지만 시는 여기서 멈추지 않고 과감한 반전을 시도한다. 갑작스러운 "뻥이야!"라는 외침은 이 모든 그리움의 서사를 한순간에 뒤엎는 듯하다. "그리움은 / 말로 하는 게 아니래"라는 일반적인 통념을 들이밀며, 이제껏 표현해 온 그리움이 마치 '거짓말'인 것처럼 단정한다. 이는 그리움이라는 감정이 얼마나 깊고 복잡한 것이기에 언어로 다 담아낼 수 없다는 절규이면서 동시에, 그리움을 애써 외면하거나 감추려 했던 사회적 통념에 대한 반항일 수 있다.

그리움은 말로 하는 게 아니라는 '거짓말' 속에서, 시적 자아는 역설적으로 자신의 진실을 토로한다. "그런데 / 난 말했어 / 탄로 난 비밀처럼"이라는 구절은 감출 수 없는 그리움의 폭발을 보여준다. 겉으로는 그리움은 표현하는 것이 아니라고 말하면서도, 결국은 참지 못하고 그 감정을 터뜨리고 만 시적 자아의 솔직함과 인간적인 번민이 그대로 전해진다. '탄로 난 비밀'처럼 터져 나온 그리움은 더 이상 억누를 수 없는 내면의 진실이 된다.

마지막 연에 이르러 시적 자아는 비로소 그리움의 감정을 온몸으로 받아들이고 적극적인 행동에 나선다. "뜬 눈에 / 맨발로 간다 / 지금 바로 네게로"라는 마지막 구절은 앞선 연들과 완벽한 대조를 이룬다. 꿈속에서 대상을 만나기 위해 '눈을 감아야 했던' 과거와 달리, 이제는 '뜬눈'으로 현실의 고통과 마주한 채 나아간다. '맨발'은 꾸밈없는 진정성과 절박함, 그리고 그 어떤 고난도 감수하겠다는 강렬한 의지를 상징한다. 그리고 '지금 바로 네게로'라는 단호한 의지는 그리움의 대상을 향한 멈출 수 없는 열망을 응축하며 시의 강렬한 여운을 남긴다.

삶의 벽을 타고 피어난 고고한 열정, "능소화"(5)

'능소화'는 힘겨운 삶의 여정 속에서도 좌절하지 않고, 아름다운 한때를 꿈꾸며 온 힘을 다해 살아낸 한 존재의 고백이자, 그 존재가 가진 내면의 고고한 열정을 능소화에 빗대어 형상화한 작품이다. 능소화가 담장과 벽을 타고 오르며 뜨거운 여름날 피어나는 특성을 시적 자아의 삶에 투영하여, 강인한 생명력과 진솔한 회고의 정서를 탁월하게 담아내고 있다.

곤장을 맞더라도 한 번 활짝 피고파

손톱 밑 박힌 돌도 운명으로 안았다

기울며 스러지는 흙담 벽 꿈결에도 붙들고

밤마다 달을 깎고 진종일 해를 닦아

함박웃음 한바탕 터지게 웃고 싶어

세상 일 가리지 않고 피터지게 살았다

남겨진 시골집엔 별밤 진 지 오래고

무동 태우던 어깨 달빛에도 힘겨워

능소화, 전봇대에 올라 빈집 밖만 향한다.

－「능소화」전문

시의 첫 연은 고난 속에서도 활짝 피어나고자 하는 강
렬한 열망과 이를 위한 처절한 감내를 보여준다. "곤장을 맞더라도 한 번 활짝 피고파"라는 구절은 삶의 고통과 역경 앞에서도 꺾이지 않는 투지와 간절한 소망을 응축하고 있다. 이는 시인이 '고난과 성취감을 탐구한다'는 면모와도 맞닿아 있다. 이어 "손톱 밑 박힌 돌도 운명으로 안았다"는 고통스러운 순간마저 삶의 일부로 기꺼이 받아들이는 긍정적이고 수용적인 태도를 드러낸다. 그리고 "기울며 스러지는 흙담 벽 꿈결에도 붙들고"라는 묘사는 물리적으로 쇠락해가는 것(흙담 벽)을 지지대 삼아, 무언가를 향해 끝없이 나아가려는 의지를 능소화의 습성에 빗대어 표현하고 있다. 이는 연약해 보이지만 결코 포기하지 않는 끈질긴 생명력을 상징한다.

두 번째 연에서는 목표를 향해 끊임없이 정진해온 삶의 과정이 선명하게 그려진다. "밤마다 달을 깎고 진종일 해를 닦아"는 시간과 노력을 아끼지 않고 끈기 있게 매달려온 시적 자아의 삶을 시각적으로 강렬하게 전달한다. 이는 시인의 'perseverance(인내)'와 'creative process(솔직한 감정 표현, 내면의 성찰)'가 단순한 감성이 아닌, 고된 노력을 통해 이루어짐을 보여주는 듯하다. 그 모든 노력의 궁극적인 목표는 다름 아닌 "함박웃음 한바탕 터지게 웃고 싶어"라는 순수한 기쁨과 행복의 추구이다. 그리고 "세상 일 가리지 않고 피터지게 살았다"는 솔직하고 거침없는 고백은 시인의 '삶의 여정'과 '인생의 본질'에 대한 깊은 사색이 녹아있는 구절이다.

　마지막 연은 치열했던 삶을 회고하며 현재의 시적 자아를 능소화에 투영하는 부분이다. "남겨진 시골집엔 별 밤 진 지 오래고"라는 구절은 지나간 시간과 그리운 과거에 대한 서정적인 아쉬움과 쓸쓸함을 표현한다. "무동 태우던 어깨 달빛에도 힘겨워"는 젊은 시절의 강인함이 세월 앞에서 지친 모습으로 변했음을 담담하게 인정하는 구절이다. "능소화, 전봇대에 올라 빈집 밖만 향한다"는 마지막 구절이 이 시의 백미이다. 시골집(과거, 전통)에 붙어 자라던 능소화가 이제는 현대 문명의 상징인 '전봇대'에 기대어 올라, '빈집'이라는 과거를 등지고 '밖'을 향하고 있다. 이는 비록 몸은 노쇠하고 과거는 뒤로했지만, 여전히 세상과 소통하고 새로운 것을 향해 시선을 두려는 시적 자아의 긍정적인 태도를 보여준다. "능소화"는 현재와 미래를 향한 희망과 긍정적 의지를 상징하는 듯하다. 비록 '힘겨워'도 능소화는 밖을 향하며 삶의 또 다른 의미를 찾고 있다.

　'능소화'는 고난을 피하지 않고 당당히 맞서 자신의 삶을 충실히 살아온 이의 깊은 성찰과, 그럼에도 불구하고 여전히 세상을 향해 열린 시선을 유지하는 긍정적인 태도를 잘 드러내는 작품이다.

삶의 낚시터에서 나를 낚는 지혜 - "반영"(6)

김상철 시인의 '반영'은 '낚시'라는 일상적 행위를 매개로 삶의 본질과 자아의 정체성을 깊이 있게 탐색하는 철학적인 작품이다. 시적 자아는 거대한 자연과 삶의 섭리 앞에서 고뇌한다. 결국은 자신을 삶의 한 부분으로 기꺼이 내어주는 성숙한 인식을 보여준다. '반영'이라는 제목은 단순한 거울상이 아니라, 외부 세계가 내면에 투영되고, 내면의 깨달음이 외부 세계를 이해하는 열쇠가 됨을 암시하며 시 전체를 아우른다.

앞산을 미끼 꿰어 냇물에 드리운다

하늘과 구름이 앞 다투어 입질하길

초릿대 두근거림에 잠자리만 바쁘다

물 휘젓는 저녁놀 송사리도 흩어지고

지나는 무궁화호 앞산 건져 가버린다

어머니 된장찌개엔 젖은 멸치 눈 뜬 채

망태기 텅 비어도 나를 낚던 시간 담아

에움길 굽은 길도 믿고 가는 평행선

사는 일 낚시 같은 것 내가 바로 미끼다

- 「반영」 전문

　시의 첫 연은 광활한 자연 앞에서 무언가를 낚으려는 인간의 원대한 욕망과 그 한계를 드러낸다. "앞산을 미끼 꿰어 냇물에 드리운다"는 비현실적이고 과장된 이미지를 통해, 시적 자아가 추구하는 목표가 얼마나 거대하고 이상적인지 짐작된다. 단순히 물고기가 아닌 "하늘과 구름이 앞 다투어 입질하길" 바라는 모습은 세속적인 것을 넘어선 존재론적 질문이나 이상향을 갈망하는 시적 자아의 모습을 형상화한다. 그러나 이어진 "초릿대 두근거림에 잠자리만 바쁘다"는 구절은 이러한 원대한 시도가 현실에서는 사소한 자연의 움직임만을 유발할 뿐, 실질적인 결실을 맺지 못함을 담담하게 인정한다. 이는 큰 것을 쫓는 인간의 노력이 때로는 부질없이 느껴질 수 있다는 삶의 한 단면을 보여준다.

　두 번째 연에서는 시간이 흐르고 환경이 변화하면서 나타나는 삶의 상실감과 변화, 그리고 따뜻한 향수로 시선이 옮겨간다. "물 휘젓는 저녁놀 송사리도 흩어지고"라는 풍경 묘사는 평화로웠던 시간이 저물고, 작은 존재들조차 불안하게 흩어지는 변화의 순간을 포착한다. 특히 "지나는 무궁화호 앞산 건져 가버린다"는 구절은 강력한 상징성을 지닌다. 기차는 속도와 문명, 그리고 지나가는 시간을 의미하며, 앞서 미끼로 걸었던 '앞산'마저 붙잡지 못하고 상실되는 현실을 암시한다. 이는 삶 속에서 우리가 붙잡으려 했던 소중한 것들이 시간이 흐름에 따라 손아귀를 벗어나 사라져가는 경험을 은유하는 듯하다. 이어서 돌연 등장하는 "어머니 된장찌개엔 젖은 멸치 눈 뜬 채"라는 구절은 갑작스러운 전환을 통해 시적 자아의 내면으로 깊이 파고든다. 낚시에 대한 허탈감이 어머니의 일상적이고도 헌신적인 사랑이 담긴 된장찌개 속으로 스며든다. 고된 삶 속에서 묵묵히 자신의 자리를 지키는 존재들(젖은 멸치)에게서 연민과 동시에 삶의 숭고함을 발견하는 듯하다.

마지막 연은 앞선 상실감과 고뇌를 극복하고 삶에 대한 깊은 깨달음으로 나아가는 시적 자아의 성숙한 인식을 보여준다. "망태기 텅 비어도 나를 낚던 시간 담아"라는 표현은 비록 외적인 성과는 없었을지라도, 그 과정을 통해 내면적으로는 충만한 성장을 이루었음을 역설적으로 드러낸다. '나를 낚던 시간'이라는 표현은 낚시꾼으로서 무언가를 낚으려던 주체가 오히려 시간과 삶의 흐름에 의해 '낚이는' 존재로 전환되는 인식을 보여준다. "에

움길 굽은 길도 믿고 가는 평행선"이라는 구절은 삶의 굴곡진 여정 속에서도 흔들리지 않는 내면의 굳건한 믿음과 방향성을 상징한다. 시는 충격적인 마지막 한 문장으로 대단원의 막을 내린다. "사는 일 낚시 같은 것 내가 바로 미끼다". 처음에는 낚시꾼으로서 세상을 낚으려 했던 시적 자아가, 결국에는 자신이 바로 '미끼'임을 깨닫는 순간, 삶의 주체와 객체의 경계가 허물어지며 모든 존재가 유기적으로 연결되어 있음을 통찰한다. 이는 자아 중심적 사고에서 벗어나 겸손하게 삶의 섭리를 받아들이는 지혜로운 태도이자, '내면의 성찰'과 '삶의 의미'에 대한 궁극적인 깨달음으로 해석될 수 있다. '반영'은 인간의 욕망, 상실, 그리고 삶의 궁극적인 의미를 낚시라는 비유를 통해 밀도 있게 풀어낸 수작이다.

에필로그

김상철 시인의 시속에는 삶이라는 큰 그림 속에서 '나'라는 존재를 어떻게 바라보는지 성찰의 의미를 담고 있다. 또한 '그리움'과 같은 깊은 감정을 어떻게 이해하며, '삶의 여정' 자체를 어떻게 받아들일 것인지에 대한 시인의 사색을 담고 있다. 때로는 몸을 낮춰 자아를 찾고, 때로는 뜨거운 그리움으로 고통받는다. 묵묵히 삶의 물결에 몸을 맡기는 우리의 모습이 이 작품들 속에 고스란

히 반영되어 있는 듯하다. 이 시들을 통해 우리는 인생이라는 거울 앞에서 각자 어떤 모습으로 서 있는지, 그리고 무엇을 찾아 어디로 나아가고 싶은지 다시 한번 생각해보게 된다.

「바보, 까꿍!」에서 우리는 자아를 찾아 떠나는 유쾌하지만 깊이 있는 성찰을 만난다. 거울 속에서 사라진 머리를 찾기 위해 몸을 낮추고, 키 큰 내가 없어진 공간에서 두 손으로 나를 더듬어 찾는 모습은, 겸손함과 내면의 탐색이야말로 진정한 자아를 발견하는 길임을 일러주는 듯하다. 고개를 숙이고, 마음을 낮추어 나 자신을 들여다볼 때 비로소 우리는 잊고 있었던, 혹은 보지 못했던 진정한 나를 마주하게 된다.

김상철 시인의 작품은 독자들에게 잔잔한 위로와 깊은 공감을 선사한다. 삶의 순간순간을 시처럼 음악처럼 아름답게 살아갈 용기를 전해줄 것이라 확신하며 서평을 접는다.